Arria Marcella

FichesdeLecture.com

ARRIA MARCELLA
(FICHE DE LECTURE) 4

Arria Marcella
(Fiche de lecture)

I. INTRODUCTION

Arria Marcella, Souvenir de Pompéi, est une nouvelle fantastique publiée pour la première fois en 1852. C'est une nouvelle fantastique puisqu'il y a un doute subsiste quant à la réalité de ce voyage dans le temps.

A son habitude l'auteur reprend au cours du récit plusieurs thèmes lui étant chers tels que l'aventure, l'amour idéal, l'esthétique, le besoin d'évasion imaginaire et la mort. En 1862, Gautier est élu président de la Société nationale des Beaux-arts, il est entouré d'un comité composé des peintres les plus prestigieux comme Eugène Delacroix.

II. RÉSUMÉ DE LA NOUVELLE

Octavien, Max et Fabio sont trois jeunes gens, ils visitent le musée Studii à Naples. L'attention d'Octavien est attirée par la statue de cendre d'une femme ayant vécu à Pompéi au moment de l'éruption du Vésuve. Il contemple les restes d'un sein, celui-ci lui paraissait magnifique. Pris dans un rêve, Octavien idéalise cette femme au point d'en tomber amoureux.

Ils prennent ensuite le train jusqu'à la station de Pompéi et visitent les ruines de Pompéi, le guide leur montra la maison où l'on avait retrouvé la femme dont le sein est exposé au musée. Octavien aurait voulu être 20 siècles en arrière pour la rencontrer.

Son rêve devient réalité la nuit suivante, il se rend dans les ruines sous le clair de lune et se retrouve mystérieusement plongé dans le passé, en l'an 79 à Pompéi, peu de temps avant la catastrophe : « *Octavien, surpris au dernier point, se demanda s'il dormait tout debout et marchait dans un rêve. Il s'interrogea sérieusement pour savoir si la folie ne faisait pas danser devant lui ses hallucinations ; mais il fut obligé de reconnaître qu'il n'était ni endormi ni fou* ».

Il déambule dans les rues de Pompéi : « *Mal convaincu encore, il cherchait par la constatation de petits détails réels à se prouver qu'il n'était pas le jouet d'une hallucination. Ce n'étaient pas des fantômes qui défilaient sous ses yeux, car la vive lumière du soleil les illuminait avec une réalité irrécusable, et leurs ombres allongées par le matin se projetaient sur les trottoirs et les murailles. - Ne comprenant rien à ce qui lui arrivait, Octavien, ravi au fond de voir un de ses rêves les plus chers accomplis, ne résista plus à son aventure ; il se laissa faire à toutes ces merveilles, sans prétendre s'en rendre compte* ».

Il rencontre un jeune homme qui l'emmène au théâtre, là il aperçoit Arria Marcella : « *Oh ! lorsque tu t'es arrêté aux Studj à contempler le morceau de boue durcie qui conserve ma forme, dit Arria Marcella en tournant son long regard humide vers Octavien, et que ta pensée s'est élancée ardemment vers moi, mon âme l'a senti dans ce monde où je flotte invisible pour les yeux grossiers ; la croyance fait le dieu, et l'amour fait la femme. On n'est véritablement morte que quand on n'est plus aimée, ton désir m'a rendu la vie, la puissante évocation de ton cœur a supprimé les distances qui nous séparaient.* »

Enfin réunis, le père d'Arria intervient : « *Arria, Arria, dit le personnage austère d'un ton de reproche, le temps de ta vie n'a-t-il pas suffi à tes déportements, et faut-il que tes infâmes amours empiètent sur les siècles qui ne t'appartiennent pas ? Ne peux-tu laisser les vivants dans leur sphère ? Ta cendre n'est donc pas encore refroidie depuis le jour ou tu mourus sans repentir sous la pluie de feu du volcan ? Deux mille ans de mort ne t'ont donc pas calmée, et tes bras voraces attirent sur ta poitrine de marbre, vide de cœur, les pauvres insensés enivrés par tes philtres.*

- Arrius, grâce, mon père, ne m'accablez pas, au nom de cette religion morose qui ne fut jamais la mienne ; moi, je crois à nos anciens dieux qui aimaient la vie, la jeunesse, la beauté, le plaisir ; ne me replongez pas dans le pâle néant. Laissez-moi jouir de cette existence que l'amour m'a rendue. - Tais-toi, impie, ne me parle pas de tes dieux qui sont des démons. Laisse aller cet homme enchaîné par tes impures séductions ; ne l'attire plus hors du cercle de sa vie que Dieu a mesurée ; retourne dans les limbes du paganisme avec tes amants asiatiques, romains ou grecs. Jeune chrétien, abandonne cette larve qui te semblerait plus hideuse qu'Empouse et Phorkyas, si tu la pouvais voir telle qu'elle est. »

Nous sommes le lendemain matin, Max et Fabio se réveillèrent et cherchent Octavien, ils le retrouvent évanoui sur la mosaïque disjointe d'une petite chambre à demi écroulée. Lorsqu'il reprit connaissance, il leur raconta qu'il voulait voir Pompéi au clair de la lune, et qu'il avait été pris d'une syncope.

A la fin du récit, on apprend Octavien est retourné à Pompéi une nuit, pour tenter de revoir Arria Marcella an vain. Il s'est marié à une jeune Anglaise, qui est folle de lui.

III. PRÉSENTATION DES PERSONNAGES

Arria Marcella

C'est la fille d'Arrius Diomèdes, affranchi de Tibère, elle est très belle : « Elle était brune et pâle ; ses cheveux ondés et crespelés, noirs comme ceux de la Nuit, se relevaient légèrement vers les tempes à la mode grecque, et dans son visage d'un ton mat brillaient des yeux sombres et doux, chargés d'une indéfinissable expression de tristesse voluptueuse et d'ennui passionné ; sa bouche, dédaigneusement arquée à ses coins, protestait par l'ardeur vivace de sa pourpre enflammée contre la blancheur tranquille du masque ; son col présentait ces belles lignes pures qu'on ne retrouve à présent que dans les statues. Ses bras étaient nus jusqu'à l'épaule, et de la pointe de ses seins orgueilleux, soulevant sa tunique d'un rose mauve, partaient deux plis qu'on aurait pu croire fouillés dans le marbre par Phidias ou Cléomène ». Elle est morte en 79 lors de l'éruption du Vésuve à Pompéi, l'empreinte de son sein est exposée au musée Studii à Naples.

Elle revient à la vie grâce à l'amour d'Octavien, *Oh ! lorsque tu t'es arrêté aux Studj à contempler le morceau de boue durcie qui conserve ma forme, dit Arria Marcella en tournant son long regard humide vers Octavien, et que ta pensée s'est élancée ardemment vers moi, mon âme l'a senti dans ce monde où je flotte invisible pour les yeux grossiers ; la croyance fait le dieu, et l'amour fait la femme. On n'est véritablement morte que quand on n'est plus aimée, ton désir m'a rendu la vie, la puissante évocation de ton cœur a supprimé les distances qui nous séparaient. »*

Elle meurt une seconde fois lors de l'éruption du Vésuve et disparaît au petit jour.

Octavien

C'est un jeune homme, lorsqu'il se trouve au musée Studii à Naples à contempler les restes d'un sein il semble ne pas entendre les exclamations de ses camarades. Lorsque ses camarades approchent, il rougit faiblement.

Lors de leur visite des ruines de Pompéi, ils arrivèrent à la villa d'Arrius Diomèdes, une des habitations les plus considérables de Pompéi, celle où a vécu la femme à qui appartient le sein exposé au musée, Arria Marcella, dans ces lieux Octavien ressent une grande émotion et semble verser une larme, 20 siècles après la catastrophe.

Durant la nuit, « Ne comprenant rien à ce qui lui arrivait, Octavien, ravi au fond de voir un de ses rêves les plus chers accomplis, ne résista plus à son aventure ; il se laissa faire à toutes ces merveilles, sans prétendre s'en rendre compte ». Le jeune homme se retrouve en 79 à Pompéi et rencontre Arria Marcella qui brave tous les interdits pour être auprès de lui. Leur idylle ne dure qu'une nuit, il tenta de retrouver Arria en vain.

À dater de cette visite à Pompéi, Octavien devint de plus en plus mélancolique, l'image d'Arria Marcella le poursuivra toujours.

IV. AXES DE LECTURE

Le fantastique

Le fantastique est un genre littéraire dans lequel il y a une intrusion du surnaturel dans le récit, l'apparition de faits inexpliqués et théoriquement inexplicables dans un contexte connu du lecteur.

Au début du récit, Octavien est en contemplation devant la statue de cendre d'une femme ayant vécu à Pompéi au moment de l'éruption du Vésuve : « *Grâce au caprice de l'éruption qui a détruit quatre villes, cette noble forme, tombée en poussière depuis deux mille ans bientôt, est parvenue jusqu'à nous ; la rondeur d'une gorge a traversé les siècles lorsque tant d'empires disparus n'ont pas laissé de traces ! Ce cachet de beauté, posé par le hasard sur la scorie d'un volcan, ne s'est pas effacé* ».

Puis son rêve se réalise, il se retrouve à Pompéi en 79 et rencontre Arria Marcella, mais lui-même semble douter : « Mal convaincu encore, il cherchait par la constatation de petits détails réels à se prouver qu'il n'était pas le jouet d'une hallucination.- Ce n'étaient pas des fantômes qui défilaient sous ses yeux, car la vive lumière du soleil les illuminait avec une réalité irrécusable, et leurs ombres allongées par le matin se projetaient sur les trottoirs et les murailles. - Ne comprenant rien à ce qui lui arrivait,

Octavien, ravi au fond de voir un de ses rêves les plus chers accomplis, ne résista plus à son aventure ; il se laissa faire à toutes ces merveilles, sans prétendre s'en rendre compte ».

La résurrection d'Arria Marcella par amour pour Octavien relève de l'imaginaire de l'auteur, mais dans le récit, Octavien troublé par son rêve trouble à son tour le lecteur. Gautier est un auteur incontournable de la littérature fantastique.

Ses œuvres sont pleines de fantaisie et d'évasion. Il nous met dans le doute tout au long de ses histoires, et nous surprend au moment de la chute. Au final ni le lecteur ni Octavien ne semblent pouvoir donner à ce qui s'est passé une explication logique. Après sa visite à Pompéi, il semble plutôt survivre que vivre dans l'attente de revoir Arria Marcella. Octavien n'arrive pas à oublier Arria.

La description de Pompéi

Pompéi, ville située près de Naples au pied du Vésuve est célèbre pour avoir été détruite par le Vésuve, le 24 août 79. Elle fut fondée au VIe siècle av. J.-C. et entièrement ensevelie, en 79. L'éruption créa une gaine protectrice sur le site et provoqua l'oubli de la ville pendant 1 600 ans.

Redécouverte par hasard au XVIIe siècle, la ville fut ainsi retrouvée dans un état de conservation inespéré : les fouilles exécutées au XVIIIe siècle permirent d'exhumer une cité florissante, précieux témoignage de l'urbanisme et de la civilisation de l'Empire romain. Elle constitue un endroit parfait pour le récit fantastique de l'auteur.

Il se sert des jeux de lumière, du silence qu'impose l'endroit, des croyances religieuses des Romains : « *La ville ressuscitée, ayant secoué un coin de son linceul de cendre, ressortait avec ses mille détails sous un jour aveuglant* ». L'auteur nous propose un voyage dans le temps : « *ce brusque saut de dix-neuf siècles en arrière étonne même les natures les plus prosaïques et les moins compréhensives : deux pas vous mènent de la vie antique à la vie moderne, et du christianisme au paganisme* ».

Seul Octavien, le plus sensible est touché par l'histoire de cet endroit et surtout par le destin tragique de ses habitants et plus particulièrement, Arria.

L'importance du regard

Le regard que pose Octavien sur le sein d'Arria dans le musée, puis celui qu'il porte sur Pompéi constitue un thème important de l'œuvre. Octavien veut regarder les choses telles qu'elles sont, il veut connaître la vérité : « *c'était un morceau de cendre noire coagulée portant une empreinte creuse : on eût dit un fragment de moule de statue, brisé par la fonte ; l'œil exercé d'un artiste y eût aisément reconnu la coupe d'un sein admirable et d'un flanc aussi pur de style que celui d'une statue grecque* ».

La ville de Pompéi ne reprend vie qu'à travers le regard d'Octavien, ainsi qu'Arria. Alors qu'il se croit fou ou en plein rêve, le jeune homme se fit à son regard : « *Mal convaincu encore, il cherchait par la constatation de petits détails réels à se prouver qu'il n'était pas le jouet d'une hallucination. Ce n'étaient pas des fantômes qui défilaient sous ses yeux, car la vive lumière du soleil les illuminait avec une réalité irrécusable, et leurs ombres allongées par le matin se projetaient sur les trottoirs et les murailles. - Ne comprenant rien à ce qui lui arrivait, Octavien, ravi au fond de voir un de ses rêves les plus chers accomplis, ne résista plus à son aventure ; il se laissa faire à toutes ces merveilles, sans prétendre s'en rendre compte* ».

Le regard d'Octavien se situe entre le rêve et la réalité, sans son regard Arria n'existe pas. Il garde ensuite l'image de cette dernière tout au long de sa vie, même sa femme le soupçonne d'aimer une autre femme, malgré ses recherches elle ne trouve rien : « *Mais comment pourrait-elle s'aviser d'être jalouse de Marcella, fille d'Arrius Diomèdes, affranchi de Tibère ?* »

Dans la même collection en numérique

Escadrille 80

Inconnu à cette adresse

La controverse de Valladolid

Les Vilains petits canards

Une partie de campagne

Cahier d'un retour au pays natal

Dora Bruder

L'Enfant et la rivière

Moderato Cantabile

Alice au pays des merveilles

Le faucon déniché

Une vie

Chronique des Indiens Guayaki

Je voudrais que quelqu'un m'attende quelque part

La nuit de Valognes

Œdipe

Disparition Programmée

Education européenne

L'auberge rouge

L'Illiade

Le voyage de Monsieur Perrichon

Lucrèce Borgia

Paul et Virginie

Ursule Mirouët

Discours sur les fondements de l'inégalité

L'adversaire

La petite Fadette

La prochaine fois

Le blé en herbe

Le Mystère de la Chambre Jaune

Les Hauts des Hurlevent

Les perses

Mondo et autres histoires

Vingt mille lieues sous les mers

99 francs

Arria Marcella

Chante Luna

Emile, ou de l'éducation
Histoires extraordinaires
L'homme invisible
La bibliothécaire
La cicatrice
La croix des pauvres
La fille du capitaine
Le Crime de l'Orient-Express
Le Faucon malté
Le hussard sur le toit
Le Livre dont vous êtes la victime
Les cinq écus de Bretagne
No pasarán, le jeu
Quand j'avais cinq ans je m'ai tué
Si tu veux être mon amie
Tristan et Iseult
Une bouteille dans la mer de Gaza
Cent ans de solitude
Contes à l'envers
Contes et nouvelles en vers
Dalva
Jean de Florette
L'homme qui voulait être heureux
L'île mystérieuse
La Dame aux camélias
La petite sirène
La planète des singes
La Religieuse

À propos de la collection

La série FichesdeLecture.com offre des contenus éducatifs aux étudiants et aux professeurs tels que : des résumés, des analyses littéraires, des questionnaires et des commentaires sur la littérature moderne et classique. Nos documents sont prévus comme des compléments à la lecture des oeuvres originales et aide les étudiants à comprendre la littérature.

Fondé en 2001, notre site FichesdeLectures.com s'est développé très rapidement et propose désormais plus de 2500 documents directement téléchargeables en ligne, devenant ainsi le premier site d'analyses littéraires en ligne de langue française.

FichesdeLecture est partenaire du Ministère de l'Education du Luxembourg depuis 2009.

Plus d'informations sur www.fichesdelecture.com

ISBN: 978-2-511-02995-4

Notes :